अनुभूति

अनीता शर्मा

अनुभूति

अनीता शर्मा

Published By

Anybook

Cell : 9971698930

E-mail : contactanybook@gmail.com

Website : www.anybook.org

Price in India : 175/- INR

First published by Anybook in 2021

Copyright © 2021 Anybook

Copyright Text © 2021 Anita Sharma

Printed and bound in India

Cover Design & Typesetting by Anybook

ISBN : 978-93-86619-86-0

The author asserts the moral right to be identified as the author of this work

मेरे पिताजी
श्री जगदीश प्रसाद पाण्डेय
को समर्पित

शुभकामना संदेश

बड़ी दीदी को उनके कविता संग्रह एवं मनतरंग लेखनी की हार्दिक शुभकामनायें, श्री माँ इसी तरह विचारों मे अवतरित होकर मार्गदर्शन करती रहें ! ॐ श्री माँ मधुर माँ ममतामयी माँ

अमरेश पाण्डेय
जबलपुर

अनुक्रम
कविताएँ

कविताएँ

किनारे का पत्थर

सड़क किनारे का एक पत्थर,
कितने मंज़र दुनिया के देख चुका।
जाने! कितने राहगीर गुज़रे,
कितने ज़माने बदल गये।

पत्थर साक्षी बन चुपचाप पड़ा,
राहगीरों के कितने बदलाव देख रहा।
आने-जाने वालों के कितने ठहराव देख चुका,
सुस्ताते बैठे उसके ऊपर।

राहगीर कोई जल्दी में रहता ,
या कोई थका निराशा में रहता।
कोई आतुर जल्दी में रहता,
कोई हारा हुआ चलता।

किनारे का पत्थर अजीबो-ग़रीब दुनिया के लोग,
कोई ख़ुश अपने में रहता,
कोई दूसरे को ख़ुश करता।
सब अपनी गति से चलायमान।

कोई अपने में परेशान रहता,
अपने में खोया चलता है।
सोचता है वो किनारे पत्थर,
सब ऐसे ही चलेगा, अपने अंदाज़ में।
अनिता शर्मा झाँसी

धूल-धूसरित वृक्ष

यूँ तो राष्ट्रीय राजमार्ग पर,
कई गाड़ियाँ सरसराती गुज़र जाती हैं।
बढ़ जाती हैं अपने गंतव्य की ओर,
मैंने देखा किनारे पर लगे वृक्षों की ओर।

धूलाच्छादित घने वृक्षों की पत्तियों को,
काश! ये किसी उपवन में होते ।
माली इनको नहलाता-धुलाता,
पानी रोज़ जड़ों में देता।

रास्ते के किनारे धूल से भरे,
बेगानों की तरह खड़े हैं।
कौन इन पत्तियों की धूल हटायेगा?
दिखेंगी क्या हरी-भरी पत्तियाँ!

ख़याल आया! कितना अंतर होता है,
स्थितियों और परिस्थितियों में।
शायद, इनकी यही गति लिखी है भाग्य ने,
धूलाच्छादित वीरानों में खड़े रहना।

एकान्त में खड़े अवहेलना सहना,
फिर भी अपने में खोये हुए रहना।

अनीता शर्मा12

सुनसान सड़क

एक लम्बी सुनसान सड़क,
न ओर और न कोई छोर।
बस राहगीरों का शोर,
और काँटेदार झाड़ियों का साथ।

कोई गंतव्य भी नहीं, और
कोई मंज़िल भी नहीं।
बहुत सी पगडंडी जुड़तीं,
बहुत से राही मिलते बिछुड़ते।

धूप- ठण्ड- बारिश झेलती,
काली डामरदार सड़क।
कितने अजनबी आये गये,
कितने शहर और गाँवो को जोड़ती।

सड़क तो बस सभी को,
उनके गंतव्य तक पहुँचाती है।
हाँ, बारिश में गड्ढे उभर आते हैं,
पानी से सराबोर गड्ढे भर जाते हैं।

सुध आने पर 'पैचिज़' लगाकर,
डामर का लेप लगा दिया जाता है।
और फिर आवा-जाही शुरू हो जाती है,
अनगिनत वाहनों का आवागमन।

सड़क तो बस अपने कार्य में जुटी है,
न अपेक्षा और न कोई उपेक्षा ही रखती है।
सतत् लोगों को उनकी मंज़िल तक पहुँचाती है,
निरन्तर ही निरुद्देश्य ही चलती रहती है।

आसमान के पास चाँद है

आसमान के पास चाँद है,
पर उसकी क़द्र कहाँ है?
सूखा-सा आसमान बहुत,
शीतलता न महसूस करे।
धरती से दूर बहुत है,
पर प्यारा सा दिल में बसता।
सुन्दरता आँखों में बसती,
निर्निमेष देखा चाँद को करती है।
कितना मोहक उजला सा है,
मन में उज्जवलता बसती है।
आसमान न देख पाता सुन्दरता,
अपने में ही खोया-खोया रहता है।
कितनी चंद्रकला चंदा की,
घटना-बढ़ता, पूनम का चंदा।
आसमान न देख परखता है,
चंद्रिका उजली किरणों सी।
धरती सुख पाती मधु रूप चाँद का।
और चकोर टकटकी भरता।
श्वेत चाँदनी छिटकी जग में।
पर आकाश न सुख उठा पाता है।

जीवन चक्र

नदिया मिले सागर से जाकर,
सागर मिलता बादल से जाकर।
बादल झूम बरसकर फिर मिलता,
धरती, नदिया, सागर से जाकर।

कहाँ संजोये रखता है कोई भी?
अपने पास बस ! देता ही देता है।
न धरती, न नदिया, जल बाँधे ।
न सागर, न बादल बाँधें जल को।

हे मानुष तू ही संजोये रखता है,
पँछी भी दाना चुग उड़ जाता है।
हाँ! बुद्धि,विवेक ही पास मनुज के,
तभी संजोकर बाँधे रखता है।

धरती, नदियाँ, सागर, बादल,
सिखलाते खुलकर जीना।
बंधन , जकड़न में बंधकर,
भूल गया जीवन क्रम को।

वृक्ष की आत्मकथा

एक वृक्ष की आत्मकथा,
निरीह सूखा सा चिन्तन में डूबा।
कितना हरा भरा था,
नव कोपल, लतिका-शाखाओं से पूर्ण।
हरियाली मनमोह बहुत थी,
शाखाओं पर नव कोपल फूटी थीं।
कितने पँछी कलरव स्वर करते,
नव कलियाँ प्रस्फुटित नित होती।
समय के साथ विशालता-दृढ़ता आई,
कितने नीड़ बने शाखाओं पे।
कितने नव शिशु बढ़ते देखे थे,
पथिक आकर विश्राम शरण लेते।
कितनी शाखा प्रति शाखाओं से सुदृढ़,
कितना हरा-भरा,फूलों से।
अपनी मौज में डूबा खोया था,
तब न सोचा था,ये दिन भी आयेगा?
आह! आज वीरान बड़ा हूँ,
सूर्य से तप एकान्त खड़ा हूँ।
न पत्ते,न फूल यहाँ हैं,
उजड़े से ही नीड़ यहाँ हैं।
न कलरव,न पथिक यहाँ हैं,
मैं बे-जान सा खड़ा हूँ।
काश! कुछ पहले चेता होता,
बहारों में न खोया होता।
सच,यही ईश्वर का लेखा,
तरुण-पौढ़-वृद्ध होना ही।
जो जन्मा उसे जाना होगा,
अटल सत्य यही प्रकृति नियम है।

अनीता शर्मा

बात जो दिल को छू जाये

बात जो दिल को छू जाये,
बस आह जो दिल में समा जाये।
दुःख दिल में ही दफ़्न हुआ,
आँखों से दावानल निकल गये।

व्यथित हृदय उद्गार भरा,
मन बोझिल डूबा-डूबा सा।
इक बात अंगारे सी जलती,
धुएँ का गुबार उठता।

तब अंतस में चेतना जगती,
न कोई चाबी मन के ताले की।
कोई व्यथित हृदय न कर सकता,
कैसे छूयेंगी बातें मन-तारों को।

दृढ़ता के साथ जीना ही होगा,
कोई भेद न पायेगा मन को।
स्वयं ऊर्ध्वाधर बनना होगा,
न बातों में फँसना होगा।

ओस की बूँद

धरा के तृण पर ओस बूँद,
मणि ख़ूबसूरत कुदरती।
पारदर्शी क्षणिक ठहरती,
विवस्वान ओज चमकाती।

तृणों पर क्षणिक ठहरती,
पिघल जल बन ढह जाती ।
ऊषा किरणें दैदीप्यमान करें,
इन्द्रधनुष से रंग चमकते।

शीत निशा की सहचरी ओस,
पुष्प-पंखुड़ी की शोभा ओस।
हरित वृक्ष पत्तियों का ताज,
छुवन से बिखरकर गिरती बूँद।

प्रकृति के रूपों में अद्भुत रंग,
पारदर्शी ओस में चमके कई रंग।
नतमस्तक तृण शीश झुकाते,
मस्तक पर ओस बूँद विराजे।

भूमि

भूमि सा निर्मल विराट हृदय,
सबको हृदय में समाहित किये।
भूमि की गोद स्नेह-सिन्चित,
ऊपर से सक्त,अंदर से नर्म।

डाल से झड़ा पीला पत्ता,
कितना एकान्त डरा हुआ।
उसे गोद में लेकर भूमि ने,
हृदयस्पर्शी आलिंगन किया।

स्नेह दिया वसुधा माँ ने,
कुछ निश्चिंत हुआ पीला पत्ता।
इधर-उधर उड़ खेल रहा,
हवा के झोंके संग पत्ता ।

भूमि की गोद वृहद् स्नेही,
आश्रय चर-अचर पाते यहाँ।
मात हृदयस्पर्शी अहसास,
लहलहाते सराबोर स्नेहिल ।

धूल में कितने गुण समाये,
उर्वरक अस्तित्व में समेटे।
कण-कण में चेतना समाहित,
सर्वगुणों को आँचल में सजाती।

नीलाम्बर

नीलाम्बर का अनन्त विस्तार,
शाश्वत चिरशांत नील विस्तार।
ईशान उदय-अस्त हो आकर,
लालिमा दोनों पहर बिखेरे।

चंद्र चाँदनी चमकाते नभ पर,
रात्रि के विश्राम शांत पल ।
तारक गण जगमगाहट भरते,
नीलाम्बर अनन्त शोभित होते।

प्रथम बेला में पँछी पर खोले,
नभ पर स्वच्छंद विचरण करते।
मेघों के श्वेत-श्याम झुरमुट भी,
आकृति आकर्षक उकेरा करते।

कितने रंगों को साथ भर बाँटता,
इन्द्रधनुष के रंग जीवन में भरता।
विस्तारित सपनों को साकार करें,
सिर पर छतरी बन आश्रय देता।

धरती के सिर छत्र नीलाम्बर,
छत्रछाया में अवनी अम्बर की।
शाश्वत शांत चित्त समर्पण,
प्रकृति के द्विरूपो को वंदन।

वनवासी राम

मैं पूजूँ सिय वर राम,
जहाँ रहें, सिय के साथ।
मेरे तो वनवासी राम,
जहाँ रहें, सिय संग राम।

मुनियों के कष्ट हरते राम,
रहते मुनिवेश में राम।
मेरे तो वनवासी राम,
पर्णकुटी हो जिनका धाम।

सबके मित्र, सरल से राम,
अनुज भ्राता के पिता तुल्य राम।
हिय में रहें, सदा सिय राम,
मर्यादा का सदा रहे भान।

मेरे तो वनवासी राम,
जहाँ रहें सदा सिय के साथ।
दुष्टों का नाश करें श्रीराम,
सबका कल्याण करें सियाराम।

अहिल्या का उद्धार करें,
ऐसे करूणा के सागर राम।
शबरी के बेर स्वीकारें राम,
भक्ति के बलिहारी राम।

सदा सत्य के पालक राम,
मर्यादा पुरुषोत्तम राम।
मेरे तो वनवासी राम,
जहाँ बसे सिय के साथ।

पहली बौछार

बरसात की पहली बौछार ऐसी,
ख़ुशी की चाह बढ़ा देती है।
वो पहली बारिश की बूँदें ऐसी,
तन-मन ख़ुशियों से भर देती हैं।

बरसात की पहली बौछार ऐसी,
बिछड़े प्रेमी की तड़प बढ़ाये।
व्याकुल हृदय बिरही छटपटाये,
प्रेम मिलन को आतुर हो तन-मन।

बरसात की पहली बौछार ऐसी,
नवदम्पत्ती में नव यौवन लाये।
युगल-जनों में आतुरता बढ़ाये,
प्रेम मोह का बंधन बढ़ जाये।

बरसात की पहली बौछार ऐसी ,
युवा दिलों की धड़कन बढ़ाती।
मौज-मस्ती, दिल उमंग से भरती,
सात रंगों से सपनों को सजाती।

बौछार की बूँदें दिलकश ऐसी,
मादकता मदहोशी जगाती।
इन्द्रधनुष के सात रंगों से,
गगनांचल की शोभा छलकाती।

अनीता शर्मा

एकान्त लहर

नदी की बहती तरंगें, भर रही मन में उमंगें।
कल-कल बहती धारा, संदेश बढ़ने का देती।
चंचल सी शीतल लहरें, आनंदित जीवन को करतीं।
एकान्त पहाड़ों वृक्षो ने, पूर्णता का सजीव रूप दिया।
संतों ने तट पर बसकर, समाधि का स्थल चुना।
वहीं एकान्त शांत चित्, ध्यानमग्न साधक बसते।
ऐसी पावन नदिया की निर्मल धारा सहज-सरल बहती।
आकृष्ट करती तनमन को, आभार प्रकृति के हर रंग रूप को।
मन को सहज-सरल, शान्ति आनन्दमय ओतप्रोत कर जाता।
विधाता की अनुपम विधा, कण-कण में दिखलाई देती।
नतमस्तक हो नमन करूँ, सौभाग्य मनुज तन से करती।
बहना है नदिया की भांति,जग में निरन्तर अविराम ही ।
विस्तारित होकर सिन्चित करना जग को सकल स्नेहांचल से।
आत्मबोध का ध्यान दिलाती नदिया की निर्मलधारा।
जागृति तंद्रा से कर देती पावन नदिया की धारा।
आशाओं के दीप जलाती श्वेत-श्याम नदिया की धारा।
साक्षात्कार स्वयं से ही कराती,निर्मल नदिया की धारा।
सकारात्मकता की ज्योति जलाती मन में अविरल नदिया की धारा।

कान्हा

कान्हा की मुरली धुन सुन,
सुध-बुध राधा भूल गयी।

राधा संग रास रचाते कान्हा,
सुध-बुध राधा भूल गयी।

सुन मुरली की तान मनोहर,
गोपियाँ सब कुछ भूल गयीं।

ब्रज की रौनक़ तुम्हीं कान्हा,
सुर मुरली के सब दीवाने।

ग्वाल बाल सखा तुम्हारे,
राधा के तुम दीवाने।

तुम में राधा,राधा में तुम,
एक अमृत की धारा।

अधरों पर बंसी की धुन में,
झूम रहे तरु-लतिका सभी।

प्रेम भक्ति रस हो तुम कान्हा,
मीरा सुध-बुध भूल गयी।

प्रेम प्याला अमृतभक्ति का,
विष अमृत रस में बदला।

मीरा पुजारिन मोहन की,
भक्ति रस में डूबी थी वो।

गैया-ग्वाल सखा तुम्हारे,
बंसी की धुन के मतवारे।

कान्हा नंद किशोर प्यारे,
यशोदा के लाड़ले प्राण प्यारे।
गिरिधर गोपाल सुध ले लो,
दुष्टों का जग से नाश करो ।
भक्तों की अब सुध लो मोहन,
गीता का ज्ञान भरो जग में।
कान्हा आन मिलो राधा संग,
जग का अब उद्धार करो।

काश मेरे भी पंख होते

नभ पर वृन्दों को उड़ते देखा तो,
अभिलाषा मन में उड़ने की जागी।
काश मेरे भी पंख होते तो,
आसमान छूकर आती।
कभी ऊँची डाली पर जा बैठती,
कभी लता पर झूला करती।
कभी चहक कर फूलों पर,
कभी बैठती ज़मीन पर आकर।
कभी डुबकी पानी में भरती,
पंखों को फैला बैठा करती।
जहाँ कहीं मन होता मेरा तो,
क्षण में उड़कर वहाँ जाती।
न भविष्य की चिंता होती,
दाना खाकर नभ विचरण करती।
न राग-द्वेष और न कटुता,
रिश्तों में न उलझन होती।
काश अगर मेरे पर होते तो,
नभ पर विचरण स्वतंत्र होकर करती।

अनीता शर्मा

प्रसून-मकरन्द

एक घने वृक्ष की डाली पर,
मधुमक्खियों ने छत्ता बुना।
कभी प्रसून पर जा बैठतीं,
कभी छत्ते की ओर उड़ीं।
मैंने प्रसून से जाकर पूछा,ओ प्रसून,
मकरन्द तुम्हारा चुन कर ले जाती हैं।
तुम तब भी खड़े डाल पर मुस्काते हो?
तब भी प्रसून मंद मुस्काया निश्छल।
छण भर रुककर बोला मुझसे,
चुन लेने दो मकरंद मधु को।
मुरझाकर इक दिन झड़ जाऊँगा,
पर उपकार मुझे कर लेने दो।
भर लेने दो शहद मधु को,
छत्ते में छुपा इकट्ठा करने दो।
साधु-सी बातें प्रसून की सुन,
मैं निशब्द हुई हैरान अवाक।

दिखावटी-दुनिया

बहुत दिखावटी,बहुत बनावटी,
समाज का चेहरा देखा।
बहुत मिलावटी मुस्कान भी,
लोगों के लबों पर देखी।

किसको धोखे में रक्खें हैं,
ईश्वर सब कुछ देख रहा है।
मन में विचारो की तरंगें बहुत,
तामझाम बाहरी दिखावे में डूबा।

जिसने बनाया हम सभी को,
उसको धोखे में रक्खें।
दुनिया के रचयिता से भी,
छल-कपट करता प्राणी।

भक्ति रस में सराबोर हो,
अंतस में भक्ति उपजे।
न तामझाम न दिखावा हो,
शांत चित्त समर्पण पूरा।

क्लेश कपट रखते अंतस में,
बाहर से सहृदयी दिखते।
दो-रंगी इन्सान की फ़ितरत,
परमात्मा सब देख रहा है।

मेघ नभ पर

खिड़की से नभ को देखा,
रुई के फाहों से नभ पर थे।
चंचल,चितचोर मेघों के झुंड,
कभी भागते नभ पर इधर-उधर।
कभी नटखट बच्चों से फिरते,
कभी बनाते आकृति भिन्न सी।
कभी छुप जाते कभी निकलते,
लुका-छुपी खेला करते हैं।
चाँद मेघों के झुरमुट से ही
झांक रहाँ चितचोर बड़ा।
न स्थित रहते नभ पर वो,
मेघों के झुंड पल भर भी।
कितनी कला दिखाते नभ पर,
कितनी आकर्षक आकृति गढ़ते।
मैं तटस्थ अवाक खड़ी होकर,
निहार रही छवि मेघों की।
कितने चंचल,कितने नटखट,
नभ पर मेघों का विचरण देखा।
नटखट बालरुप उड़ते फाहों से,
मैंने उनको नभ में देखा।
कितने रुप सृष्टिकर्ता ने उकेरे,
विचारों की शृंखला मन में उठती।
नमन् प्रकृति के सृजन कर्ता को,
जिसने रंगों की दुनिया उकेरी।

कर्मयोगी

जीवन के झंझावातों से सीखें ,
जीवन को जीना कैसे है।
हर दिन नये पन्ने खुलते जीवन में,
अनुभव नये सिखाते जीवन के।
न हताशा में जकड़ बैठना,
न अकर्मण्यता में छुप जाना।
न मन के जालों में उलझकर,
बहानों को ओढ़ छिप जाना।
कर्मयोगी तुम आगे बढ़कर,
साहस संग मंज़िल गढ़ना।
झंझावातों से टकराकर,
अपना मनोबल तुम बनना।
धैर्य को सम्बल बनाकर,
नित ऊर्जा अंतस में रखना।
अंकुश लगाना स्वयं भाव पर,
सृजन शिल्पी से तुम बनना।
अंहकार को दूर स्वयं से,
श्रेष्ठ विचारों को तुम रचना।
अपना सम्बल आप बनोगे,
आत्मविश्वास संजोये रखना।
जीवन के झंझावातों से सीखें,
नित जीवन जीना कैसे है।

अनीता शर्मा

उपवन

शीत का अहसास हवा में,
सुरभित सुमन महकाये उपवन।
गुलदावरी की डाली पर,
खिलने को आतुर कलियाँ।

वहीं गुलाब बादशाही से,
डाली पर झूम मुस्काये।
चम्पा,चमेली और मधुकामिनी,
मंद मंद सुगंध महकाये।

प्रकृति शोभित अलंकारों से,
आकृष्ट रूप खींच रहा तन-मन।
मधुरिमा प्रकृति छटा न्यारी,
हवा मंद शीतल सुखदायी सी।

रातरानी सुगंध रात्रि को महकाते,
हरिशृंगार सुमधुर सुगंध भरजाते।
शीतल समीर चहुँ ओर छिटकाये,
सुरभित सुमन उपवन महकाये ।

नतमस्तक हूँ छटा देखकर,
प्रकृति का मधुर रूप देखकर।
अम्बर तारों को छिटकाकर,
सुन्दर भाव सृजन कर जाये।

दिवा रश्मि किरणें

बादलों के ओट से झाँकें,
नव सूर्य ऊषा किरणें।
पत्तियों की ओट पीछे ,
खेलें ज्यों लुका-छिपी।
धरा को ओजस्वी करतीं,
विवस्वान ओज किरणें।
तम,तिमिर-रश्मि भरतीं,
भोर की बेला किरणें।
है जग जगमगाता ताज़गी से ,
दिवाकर मणि सुशोभित।
ओजपूर्ण रश्मि-प्रभात धरा पर,
चर-अचर स्फूर्ति भरते।
नभ पर दिवाकर विराजे,
वसुधा संवर रही है।
जीवन का संचार कण-कण में,
वसुंधरा महक रही है।
आलस्य दूर भागे तम छट रहा है,
चैतन्य हो गया है जग सारा।
पँछी नीड़ त्यागे,पंख खोल उड़ रहे हैं।
पुलकित धरा नवजीवन के गीत गाये॥

अनीता शर्मा

अरुणोदय

अरुणोदय की प्रथम अरुणिमा,
अम्बर पर लालिमा बिखेरे।
हिमालय के उत्तुंग शिखर पर,
अरुणिमा रक्ताभ की चमक बिखेरे।

स्वर्ण छटा न्यारी अद्भुत हिमगिरि,
दमक रहा उन्मुक्त गगनचुम्बी।
अदम्य अद्भुत सौन्दर्य कैलाशपति,
ज्यों ध्यानमग्न ज्योति पुंज प्रकाशित।

आलौकिक सूर्योदय छटा अरूण की,
अरुणाचल पर अरुणिमा बिखरी।
उत्तर हिमगिरि स्वर्णिम आभा सी,
दमक रही स्वर्ण मुकुट नग हीरे सी।

रवि की ऊषा ने हंसकर फैलाया,
धरती पर सोने का जादू।
वसुधा स्वर्णिम आभा सी दमकी,
लौट पड़ी चेतना संसार की।

चर अचर में जागृति छाई,
झूम उठी प्रकृति सारी।
खग वृन्द चहक उठे पर खोले,
जीवों में चेतना जागी।

नमन् सूर्य के भोर रूप को,
जलांजलि समर्पित करती हूँ।

संस्कारी

संस्कारी जन शीतल छाँव से,
आदर सबका झुककर करते।
औरों को आगे बढ़ा ख़ुश होते,
स्वयं निस्स्वार्थ जीवन जीते हैं।

उपकार भावना से ओतप्रोत,
सहृदय दया मय हृदय उनका।
झुक जाते दंभ त्याग सुधी जन,
संस्कारी रूप दमकता चहुँ ओर।

सादगी सरलता गहना इनका,
चेहरे पर मुस्कान ख़ुशी की।
देदीप्यमान ललाट दमकता,
संतुष्टि जीवन की पहचान।

उसूलों पर चल पहचान बनाते,
पैरों पर छालों के घाव निशानी।
न निराश न असन्तुष्ट ज़रा भी,
संस्कारों और विश्वास भरा पग।

वंदनीय ऐसे संस्कार पुरूष,
जो अपनी पतवार आप ही खेतें।

अभिमान-सम्मान

अभिमान न करो बटोही,
दंभ ज़रा न करो बटोही।
अभिमान में शैतान हुए,
दानव दैत्य समान बने हैं।
अभिमान का दंभ है ऐसा,
स्वयं को ही सर्वेश्वर माने।
अकड़ भरे, अपमान करे,
स्वयं से श्रेष्ठ कोई न आके।
अभिमान का दंभ है ऐसा
शक्तियों को ही डूबा देता।

सम्मान उसी को मिलता,
जो औरों के लिये जिये।
ख़ुद झुक औरों को उठाये,
दया धर्म को ही अपनाये।
दंभ ज़रा न छू पाये उनको,
उदारता का परिचय सत्कार देता।
जो औरों के लिए जियें हमेशा,
उनका जग में सम्मान हमेशा होता।
है कितना गूढ़ रहस्य,
सम्मान और अभिमान।
इक परोपकारी और दूजा
इक स्वार्थलोलुप होता।
अभिमानी का सम्मान कहाँ,
सम्मान तो निराभिमानी का है।

एक सूखी पत्ती

ज़मीन पर पड़ी थी एक सूखी पत्ती,
बहुत सोचती दुःख सहती थी।
कभी मैं डाल की शोभा निराली थी,
झूमती इठलाती डाल पर।
आज पीली सूखी बे-रौनक़,
न वजूद डाल पर आज मेरा।
बहती हवा संग उड़ती बेवजह,
झाड़कर कूड़े में डाल देंगे।
था गुमान डाल पर जब जुड़ी थी,
तब हवा संग इठलाती बहुत थी।
कोमल गुलाबी कोपल से हरी हुई,
देखत- देखते पीली होकर झड़ी मैं।
बसंती हवाओं ने आकर खेला,
बरसात ने आकर नहलाया।
गर्मी-सर्दी ने आकर सहलाया,
आज सूखी बेअसर मुरझाई पड़ी।
है दास्तान सूखी पत्ती की इतनी,
ज़मीन पर पड़ी सोचती रही वो।
चिर स्थायी न कोई भी जहाँ में,
है सूखी पत्ती बतलाती हमको।

देवों के दीप

नभ पर तारे टिमटिमाये ऐसे,
देवों ने दीप प्रज्ज्वलित किये।
जग का तम हरने को,
नभ पर दीप सजाये हैं।
नभ पर दीपावली के,
दीपों की माला जगमग।
कहता उम्मीद जगाये जा,
पल-पल प्रयत्न करते जाना।
टिमटिमाते तारक गण,
ज्योतिर्मय हृदय को करते।
दीपमाला सजी गगन में,
नभ तिमिर को हटा रही।
चंद्र स्तब्ध तारों पर दृष्टि धरे,
चिन्मयानंद में लीन है।
नदिया दर्पण बन गयी,
प्रतिबिंब नभ तारों का सजा।
प्रकृति ध्यान मग्न हुई,
आकाश अमृत में डूबकर।

सरोवर की गहराई

गहरा शीतल शांत सरोवर,
मन गहराई तक छू जाता।
जीवन की गहराई का सबक़,
सिखलाता है शांत सरोवर।
कितनी बातें कितनी यादें,
अपने अंदर समेटे हुए है।
नहीं शिकन नहीं उदासी,
न उतावलापन दिखता है।
कितनी गहरी बात सिखाता,
अपने अंदर सब रखना है।
न निराशा न ग़मगीन फ़िज़ा,
ख़ुश अपने में रहना है।
नीर तरंगें उठतीं-गिरतीं,
पर आगे-आगे बढ़ती हैं।
सबक़ यही देती हैं हमको,
नित आगे-आगे बढ़ना है।
गहराई अपने अंदर रखना,
बस ऊँचाई को छू लेना है।
एकान्त से न घबराना है,
अपने अंदर आशा रखना है।

बनना है तो राम बनो

बनना है तो राम बनो,
रावण क्यों बन जाते हो।
उठना है तो ऊर्ध्व उठो,
अधोगामी क्यों बन जाते हो।
मानवता का आचरण भरो,
अमानवीय कृत्य क्यों करते हो।
नन्ही सी कलियाँ मत मसलो,
उनको जीवन जीने दो।
भले पुरूष बनकर जग जीतो,
शक्ति का दुरूपयोग न करो ।
माँ,बहन,भार्या,बेटी का तुम,
अब अपमान बंद करो।
जिससे जन्में हो माता भी थी,
बेटी थी,बहन,भार्या भी थी।
पर स्त्री थी पहले नारी तो थी,
उनका सम्मान क्यों नहीं रहा?
क्यों इस्मत लाज चूरचूर हुई?
हे पाशविकता रखने वालों।
मानवता का धर्म अपनाओ,
सम्मान नारी का बढ़ाओ तुम।
जीने दो नारी को खुलकर,
घर के पहरेदारों से मुक्त करो।
चौखट की बंदिश से निकले,
घूंघट के पर्दें, अब हटें।
मनुज हो तुम मानवता अपनाओ,
नारी का शोषण बंद करो।

तरुवर

तरूवर छाँव पथिक को देता है,
स्वयं धूप में तपता रहता है।
कितने पँछी को आश्रय देता है,
कितने नीड़ डालों पर रखता है।
स्वयं झुक शीतल छाँव सजाता है,
थके हुए राही की थकान भगाता है।
उदारता तरूवर हमें सिखाता है,
विशाल हृदय का पाठ पढ़ाता है।
लता झूम ठंडी पवन झलकाती है,
पँछी कलरव का रस भर जाते हैं।
पथिक ताज़गी से भर जाते हैं,
गंतव्य की ओर तब पग बढ़ाते हैं।
प्राण वायु को स्वच्छ बनाता है,
विषाणुओं को नष्ट करता है।
निस्वार्थ भाव से सेवा करता है,
पर्यावरण को स्वच्छ बनाता है।
फूल-फलों से झुक जाता है,
संस्कारो का पाठ पढ़ाता है।
संसार से लेकर न जाना,
अपितु संसार को लौटना है।
तरूवर संदेश मानव को देता है।
अंहकार से ऊपर उठकर रहना।
शरणार्थी को आश्रय देना है,
पवित्र आचरण ग्रहण करना।

अनीता शर्मा

तरु–कोपल

नई कोपल खुल रही है, कुछ यूँ,
नव तरुणी सकुचाई हो ज्यों।
अधखिली कोमल कोपल तरु की,
कुछ शरमाई,कुछ सकुचाई सी है।
लाल गुलाबी रंग ओढ़ मृदुल,
संसार देख आश्चर्य अचंभित है
माली ने नव कोपल देखी,
ख़ुशी से मन पुलकायमान है।
तरु की हरितिमा पत्तियाँ ,
झूम रहीं समीर संग-संग।
नवकोपल भी सिहरी सी है,
शीतल समीर झकझोर रहे।
कुछ जीवंत क्षण ऐसे आये,
पुष्प झुक कोपल को सहलाते।
समय के साथ परिपक्व हुई,
गहन हरितिमा उस पर छाई।
अब समीर संग झूम रही,
लता में नवयौवन झलका।
हर्षाई भी इठलाई भी,
सकुचाई भी शरमाई भी।

निर्मल धारा

इक आशा इक विश्वास हमारा,
कहती नदिया की निर्मल धारा।

लहरें गाती गीत मनोहर,
चंचलता मन को भाती है।
नृत्य तंरगें हमें सिखातीं,
जागृति -तंद्रा से कर जातीं।

इक आशा इक विश्वास हमारा
कहती नदिया की निर्मल धारा।

उठती-गिरती, शोर मचाती,
मस्ती उमंग ऊर्जा जगाती।
कभी उछाल भर उमंग जगाती,
ऊर्ध्वगामी चैतन्यता जगाती।

इक आशा इक विश्वास हमारा,
कहती नदिया की निर्मल धारा।

गहराई, विस्तार नदियों का,
हृदय को विशाल,उदारता देता।
गहराई मन की एकाग्रता और,
समग्रता जाग्रत कर देती।

इक आशा इक विश्वास हमारा,
कहती नदिया की निर्मल धारा।

अनीता शर्मा

नील-श्वेत मृदु शीतल धारा,
अमृत मधुर शान्ति भर देती।
कलकल ध्वनि संवेग से बहती,
कर्ण- मधु, गुन्जार गीत सुनाती।

इक आशा इक विश्वास हमारा,
कहती नदिया की निर्मल धारा।

नदी समुद्र में विलीन होकर,
अपना सर्वस्व न्योछावर करती।
हमें संदेश देती है नदिया,
न्यौछावर कर आगे बढ़ जाना।

एक सुबह

हर रात का एक सूरज है,
ये जानते सब हैं।
भोर हर रात का अंत है,
ये भी मानते तो हैं।
फिर निराशा मन में लिये,
दिल जलाते हैं लोग।
चिंता, चिता सम सबको पता है,
फिर क्यों बीमारी ओढ़ते हैं।
परिस्थितियों से न घबराओ,
मेहनतकश बने जाओ।
दिन बदलेंगे,सबेरा भी नया होगा,
दीप मन में जला,काम करे जाना।
दिन बदलेंगे,कोशिश रंग लायेगी,
न ओढ़ चिंता को, मुक़द्दर साथ आयेगा।
लबों पे मुस्कुराहट भी खिली होगी,
सफलता भी दस्तक दे रही होगी।
छोड़ दो बेचैन होना तुम,
हर रात का अंत भोर लायेगा।
कर्म का प्रारब्ध भी जल्द आयेगा,
उठो जागो लक्ष्य को अपना बना लो।
हर निराशाओं की इक आशा जगाना है,
असफलताओं को सफलता में बदलना है।
जीवन यूँ आसान तो नहीं होता,
मेहनत से तक़दीर को बदलना है।
भोर की बेला में, स्वर्णिम स्वप्न भरना है।

शरदपूर्णिमा

शरद का पूर्ण चंद्र,
मन को ख़ूब भाता है।
बिखरी चाँदनी में मन,
ख़ूब नहाता है।
मनों में ताज़गी और,
दिलो में ख़ूबसूरत अहसास।
ऊर्जा का प्रवाह भरता है,
हिलौरे ख़ूब दिलों में लेता है।
शरद की श्वेत चाँदनी,
शोभा चंद्र की स्निग्ध है।
आकाश की शोभा चाँदनी,
मन को ख़ूब भाती है।
है चंचल मन बांवरा,
ख़ुशी के गीत गाता है।
नभ की शोभा ऐसी कि,
देवी-देवता धरा पर उतरते हैं।
मधुर रात्रि शरद को,
चंद्रिका की सौग़ात देते हैं।
मधुर मिलन चंद्र-चंद्रिका का,
स्वर्ग से देवता फूल बरसाते हैं।
पुलकित है धरा भी,
कण-कण पुलकित है।
मंद पवन आल्हादित,
तरू झूमें ख़ुशी से।

संकल्प

संकल्प से सिद्ध हुए सब कार्य,
संकल्प की नींव परिपक्व करो।
संकल्प करो तुम राम सा जीवन जीने का
आचरण मज़बूत करो, सत्य की राह चलो
पग-पग पर रावण बैठे हैं,
स्वयं से दृढ़ संकल्प करो।
अपनी मर्यादा आप गढ़ो तुम,
सीमाओ को तय स्वयं करो तुम।
न उलझन बढ़ाओ जीवन की,
अपनी राहें सत्य की चुनो।
संकल्प करो तुम श्रेष्ठ बनो,
अपनी सीमा भी आप गढ़ो।

क्रोध

एक क्षणिक आवेग,
क्रोध भूचाल मचाये।
जीवन की शांति पलभर में
खण्डित हो जाये।
आवेग का वेग ऐसा,
तिरोहित संवेगों का।
तिलांजली रिश्तों की,
अंहकार बवंडर मचाये।
देशकाल का भेद भुलाये,
एक आवेग भस्मासुर हो जाये।
बस एक आवेग क्रोध जलाये,
सब रिश्तों का भेद भुलाये।
एक पल में जिव्हा ऐसी चल जाये,
अंदर तक दिल आहत कर जाये।
टूट जाती हैं रिश्तों की कड़ियाँ,
घाव जो जीवन भर न भर पाते।

मोह–घृणा

मोह और घृणा शब्द विरोधी,
मोह जाल में उलझी माया।
अंध प्रेम में अवगुण छाया,
मोह बुराई को न परखे।
घृणा की आग में भस्म हुए सब,
गुण, अच्छाई दफ़्न हुए।
घृणा में अच्छाई लुप्त हो जाती,
दम्भ सब खंडित कर जाता।
मोह-घृणा दोनों ज्वाला में पड़,
मानव अपना संसार मिटाये।
न अंधमोह उचित है,न घृणा की आग,
संतुलन मस्तिष्क का ज़रूरी है।
संसार में संसारिकता रखकर,
अपने पर अंकुश रखकर ही,
सरसता से जीवन निर्वाह होगा,
तभी मोह-घृणा पर अंकुश होगा।

अभ्यास

किसी ने सच कहा है,
अभ्यास जीवन में ज़रूरी है।
न हारना, न मायूस होना कभी,
कोशिश करने पर जहान मिलता है।
कोई सीख दे रहा है मुझको,
करो अभ्यास, समय लगेगा।
मैंने भी अब ठान लिया है,
न हार मानकर बैठूँगी मायूस।
चंद बातें हैं,करो न ऐतराज़,
क़लम उठा,स्याही बिखेर दी है।
चंद शब्द उकेरे काग़ज़ पर,
जज़्बात पर न जोर किसी का।
कोशिश रंग लाती है,
अनवरत, अभ्यास से।

आलोचना

आलोचना से घबराना कैसा
आलोचक की बातों से सीखें।
हम स्वयं सुधार करें अपना ही

आलोचना से डर कैसा।

आलोचक कमज़ोरी को गिनाते हैं
आलोचकों से नाराज़ी कैसी?
हम उनके शुक्रगुज़ार बहुत हैं
वो रूबरू हमीं से हमीं को कराते हैं।

समझो और सुधार करो स्वयं
आलोचक का शुक्रगुज़ार करो।
वो हमारी कमज़ोरी ढूँढ़कर
हमें बेहतर इन्सान बनाते हैं।

आभार करो उनका जो
कमी ढूँढ़ बतलाते हैं।
हमें एक नये अनुभव से संजोकर
इक कामयाब इन्सान बनाते हैं।

अनीता शर्मा

प्रजातंत्र

अब आरक्षण की ख़ातिर बैठा,
पटरी पर है गुर्जर समाज।
बस अब बारी राजपूतों की है,
बनियों की तैयारी है।
तिलक लगाकर ब्राह्मण भी निकलेगा,
खण्डों में विभक्त हुआ भारत।
सत्ता की लोलुपता देखो,
वोट स्वार्थ दानव बना।
क्या भारत माँ ख़ुश होंगी,
जब उनकी संतानें विभक्त हुई हैं।
वैमनस्य पनप रहा है,
भारत माँ की छाती पर।
घेराव बंद कर क्षति पहुँचाते,
देश का तंत्र धूमिल करते हैं।
नेताओं की ओर देखती,
बेसुध होकर जनता सारी।

अयोध्या-दीपोत्सव

अयोध्या के राम मंदिर पर,
अद्भुत सौन्दर्य छटा बिखरी है।
सौन्दर्य पुरातन संस्कृति का,
भारत का गौरव लौटा फिर।
अयोध्या जगमग दीपमाला से,
राम तुम्हारा धाम सजा फिर।
धैर्य और संयम से सदा ही,
विजय निश्चित ही होती है।
अयोध्या बनी दुल्हन सी,
हर घर दैदीप्यमान हुआ।
रौशन,रौनक़ अद्भुत सौन्दर्य,
अमावस पूनम सी रात सजी।
बैन्ड, नगाड़े और लोक नृत्य,
अवध की छटा न्यारी अद्भुत।
रौनक़ राम-नगरी की शोभा,
भक्ति रस में सराबोर हुआ।
दीपावली की छटा दीपों से,
श्रद्धा सुमन अर्पित करते हैं।

सुन्दरता

तन की सुन्दरता
मन आकर्षित करे।
मन की सुन्दरता,
अन्तर्मन महकाती है।

स्वभाव की सुन्दरता,
हृदय को आकर्षित करे।
रिश्तों में ख़ुशबू महकाये,
हृदयस्पर्शी अहसास जगाये।

कितना भेद है इनमें,
अंतर्मन की नज़रों से देखो।
आत्मिक सुन्दरता ही
श्रेष्ठ दिखेगी।

तन सुन्दर,मन सुन्दर
तब जग सुन्दर दिखता है।

यादें

कितनी बातें,कितनी यादें,
याद बहुत आती हैं ।
बीते वर्षों की बीती यादें,
याद बहुत आती हैं।

नहीं पकड़ पाते क्षणों को,
फिसल सभी जाते हैं।
कुछ खट्टी कुछ मीठी बातें,
याद बहुत आती हैं।

नहीं भुलाई जाती बातें,
चाहे जितनी कोशिश करते।
बस यूँ ही आगे बढ़ जाते,
साथ तब भी चलती यादें।

हर मंज़र की याद दिलाती,
कभी तड़प कभी क्रोध जगाती।
कभी ख़ुशियों की बीन बजाती,
कितनी बातें कितनी यादें।

समय के साथ पुरानी यादें,
साथ चलें अंजाने में ही।
कभी चिर-परिचित संग खुल
जाती यादें,बातों संग इठलाती यादें।

भोला सा नादान बचपन

कितना भोला-सा, नादान बचपन है।
सरलता और सहजता पहचान होती है।

कभी कुट्टी कभी अप्पी सरे-आम होती है।
लड़ना और झगड़ना दो पलों में होता है।

कितना भोला-सा नादान बचपन है।
बरसात के पानी में पत्थर फेंक ख़ुश होना।

कभी गिरना और हंसना भी साथ होता है।
तितली के पीछे भागकर पकड़ना ख़ास होता है।

कभी जुगनू को मुट्ठी में बंद करने की ज़िद
कोई टिड्डा अगर दिखता, पीछे भागकर पकड़ते हैं।

उड़ती पतंग देखकर ताली बजा ख़ुश होते हैं।
कभी कटी पतंग पकड़ने भागते भी तो हैं।

भोला-सा नादान बचपन याद बहुत आता है।

पथिक

पथिक, पथ की पहचान तो कर ले,
कहाँ भूला भटका फिरता है?
पहले पथ को पहचान तो ले,
निश्चय ही पथ कठिन बड़ा है।

तनिक ज़रा विश्राम तो कर ले,
भटकाव पथ पर मिलते ही हैं।
तू उनकी पहचान तो कर ले,
झंझावातों से टकरा कर बढ़।

पथिक, पथ पर बढ़ता चल,
कंटीला पथ बहुत मिलेगा।
तू अपनी पहचान बनाता चल,
पथिक, पथ की बाधाओं से लड़।

पथरीली राहों से गुज़र,
अपनी राह बनाता चल।

अनीता शर्मा

काँटे

कंटक अकेला ही,
अपने में खोया रहता।
वीराने भाते उसको,
एकान्त में वो रहता।

साक्षी हैं हवायें,
कंटीली झाड़ियों का।
ख़ामोशियों का तूफ़ान,
सहता, बे-ज़ुबाँ अकेला।

न बाग़ की शोभा बनता,
न कोई उसको सहलाता।
कोई तवज्जो तनिक न देता,
वो मौज में डूबा खोता रहता।

चुभन काँटे की दर्द भरी,
हर एक छूने से डरता।
दूर-दूर सभी भागते काटों से,
अभिशाप स्वयं सहता।

रिश्तों की खींचतान

कितनी अफ़रा-तफ़री है दुनिया में।
कितनी   खींच-तान   बेचैनी।
कितना पैसा सब पर हावी,
दौलत सब के गले की फाँसी।

भाई,भाई का बना है दुश्मन,
ज़मीन मुक़दमे में लड़ रहे हैं।
बंटवारे में उलझे रिश्ते ख़ूनी,
संसार तमाशबीन हुआ है।

बहुत ख़ुद-ग़र्ज़ लोगों को देखा,
ग़ैरत कहीं भी बची नहीं हैं।
संसार में कई रंग देखे ,
दुःखी सभी अपनों से दिख रहे।

ख़ुशी ज़मीन जायदाद में ढूँढ़ते,
रिश्तों की बलि चढ़ा रहे हैं।
भटकते इच्छाओं के दलदल में,
दलदल में दबते फँस रहे हैं।

बेरंग संसार को जो देखा,
अश्रु आँखों से बह चले हैं।
दिल में दर्द और तड़प है,
ज़बान ख़ामोश,हलचल है।

मनःस्थिति

आज फिर गिरफ़्त में आया दर्पण,
आज फिर चेहरे की नक़ाब ढही।
दिल में दर्द की टीस उठी,
पर चेहरे पर मुस्कान बिछी।

किसी की नज़रों से बच न सका,
नज़रों ने नब्ज़ को पकड़ लिया।
आज फिर चेहरे की शिनाख़्त हुई,
आँखों ने दर्द को बयाँ जो किया।

अरमाँ जो दिल में दबाये रखे,
वो दिल ने बयाँ किये।
बहुत दबाये रंजो-गम दिल में,
आँखों ने छलका ही दिये।

लो अब दिल का ग़ुबार उठा,
मन झुंझलाया तन मुरझाया।
चेहरे ने दर्पण को दिखलाया,
रंजो-गम दिल में कितने छुपे।

चेहरे को रिश्वत दे रखी थी,
न हक़ीक़त दिल की झलकेगी।
वो भी न छुप सका दर्द,
राज़ भी आम हो गया जग में।

उद्धार

जब ख़ुश हो झूमता मन,
हर चीज ख़ुशी देती है।
मन प्रफुल्लित होता है तब,
प्रकृति प्रफुल्लित सी दिखती है।

इक माँ ख़ुश होती अंतस से,
जब बच्चे सुरक्षित होते हैं।
आज गदगद मन ख़ुशी से,
कैसे उद्धार प्रकट करूँ मैं।

मेरी ममता न्यौछावर तुम पर,
स्वस्थ्य सुखी जीवन हो।
आशीर्वाद सदा रहेगा तुम पर,
ये संसार जब तक होगा।

ईश्वर की कृपा सदा साथ हो,
सदाचारी जीवन जीना।
हर बाधा दूर रहे सदा तुमसे ,
सिद्धांत मेरी कामना ईश्वर से।

कभी ख़ुद से भी मिला करो

कभी ख़ुद से भी मिला करो,
ख़ुद से भी बातें किया करो।
ढूँढ़ती हूँ मैं अपने भीतर ख़ुद को,
खो दिया ख़ुद को जग के भीतर।
पहचान मेरी मुझसे पूछ रही है,
क्यों ख़ुद को दबा दिया भीतर।
औरों की ख़ातिर भूल स्वयं को गयी,
मन में कितने सपने टूटे ख़बर नहीं।
निकले थे ख़ुशियों की तलाश में
खो दिया अपनी ख़ुशियों को ही।
अपनों की ख़ुशियों का ध्यान रखा,
भरती ख़ुशियाँ उनकी झोली में सदा।
अपनी झोली ख़ाली रखकर भी,
अपनों का ही ख़याल रखा सदा।
अपनी न सुध रखी कभी-भी,
सब अपनी ख़ुशियों में खोये हुए।
अन्तर्मन व्यथित सा इस संसार में,
कहाँ सुख- ख़ुशी ढूँढूँ मैं अपनी।
तब अंदर से हल मिलता है कि,
अंतस में भक्ति ही परम ख़ुशी है।

मैं नर तू नारायण

मैं नर हूँ तुम नारायण हो।
मैं भव में आसक्ति से जीती।
तुम निरासक्त निराकार प्रभु हो।
मैं संसार में लिप्त हूँ, मायाजाल में।
तुम पावनहार भवसागर के स्वामी।
उद्धार करो नारायण, माया के बंधन से।
मैं तुम में समा जाऊँ ,ऐसी राह दिखाओ।

अनीता शर्मा

शीत हवायें

शीत हवायें सरसरायें,
सूर्य देव भी न दिखलाये।
कोहरे की चादर बिछी,
शीत लहर कपकपी बिखेरे।
दुबक गया जग सारा,
शीतलता का हुआ पसारा।
सिहर रही धरा सर्द हवाओं से,
धूप को तरस रहे नर-नारी।
सिमटे,सिकुड़े ओढ़ लबादा,
गर्म चाय का है बोलबाला।
गरम समोसा,और पकौड़ी,
काफ़ी,चाय सब जन खायें।
धूप देख निकले आँगन में,
ठँडी हवाओं से काँपी हड्डी।
कम्बल,रज़ाई ओढ़े हुए हैं,
अलाव जला घेरे बैठें हैं।
ठंडी हवाओं ने जलवा बिखेरा,
कोहरे ने भी फ़िज़ा बिखेरी।
ऊनी स्वेटर, मफ़लर, टोपी, मोज़ा,
शाल, रंगबिरंगी ख़ूब पहने हैं।
एक आस धूप गुनगुनी लेने की,
शीतल हवा मजबूर करे भीतर से।
दुबके सभी घरों में बंद,
सूरज लुकता-छुपता बादल की ओट में।

सुनहरा अम्बर धरा सुनहरी

अम्बर सुनहरा धरा सुनहरी।

सोना सुनहरा बिखरा खेतों में।

सूर्य ढलने लगा, संध्या घिरने लगी।

गगन सुनहरा हुआ, सूर्य अस्तांचल गया।

आभा स्वर्ण सी घिरी,पथिक लौटने लगे।

पक्षियों ने उड़ान अब निज-नीड़ की भरी।

खेतों में फ़स्लें ,लहलहाने लगीं।

कृषक श्रम बूँद से, रौनक़ बढ़ी।

नभ सुनहरी, भूमि में सोना बिखरा।

चेहरे पर रौनक़, अन्नदाता संतुष्ट हुआ।

गेहूँ पक तैयार हुआ,कटाई का वक़्त आया।

परिवार एकत्र हुआ, खेतों में संलग्न हुआ।

श्रम बूँद माथे पर , संतोष चेहरे पर।

भविष्य बुनता मन, हस्त कार्य कर रहे।

धरा सुनहरी, अम्बर सुनहरा।

भविष्य सुनहरा उज्जवल है।

मन विश्वास भर, बीज खेत में बोया।

फ़स्ल खलिहान भरी, मन मे प्रसन्नता।

अनीता शर्मा

नव वर्ष

वर्ष 2020 ने सिखलाया है,
मितव्ययिता जीवन में रखना।
जीवन के संघर्षों से कभी न डरना,
रिश्तों और भावनाओं को बाँधे रखना।
व्यर्थ न बाहर घूमकर समय बिताना,
रिक्त समय परिजन के बीच बिताना।
स्वागत नव वर्ष 2021 का जीवन में,
सात्विक विचार जीवन में अब अपनाना
जीवन के हर पल को सत्कर्मों से भरना,
नियंत्रण अनुशासन को जीवन मूल्य बनाना।
सादगी सरलता को हथियार बनाना,
भारतीय संस्कृति को लेकर आगे बढ़ना।
मन में आशा और विश्वास के दीप जगाना,
शुभकामनायें सभी जनों को नववर्ष मंगलमय हो।

उमंगें

पायल छनके,कंगना खनके,
मन में प्यार का शुमार उठा।
चाँदी सा तन, प्यार भरा मन,
धड़कन में नाम तुम्हारा प्रियवर।
मन महकाती चम्पा चमेली,
मन मोहक सुगंध मोहित मन।
पलकों की ओट नयन चंचल,
ढूँढ़ रहे व्याकुल प्रियवर को।
पायल की छन-छन बोल रही,
मधुर मिलन चंद्र बेला में ही।
कंगना खनक-खन याद दिलाते,
प्रियवर प्यार भरी सौग़ातों की।
चुनरी के रंगों में रंगी यादें,
धड़कन में धड़क रही बातें।
प्यारा सा दिल और मुस्कान तुम्हारी,
मन-मंदिर में आशा के दीप जलाती।
कंगना की खनक कुछ कहती तुमसे,
समझो कंगना मेरा क्या कहता है।
पायल छनके चंचल होकर,
बूझो क्या वो कहती तुमसे।
उमंगें दिल में मचल उठीं,
अंगडाई नव इच्छाओं की।
मन डोल रहा मिलने के लिए,
तन डोल रहा ख़ुशियाँ भर के।
हृदय में तड़प उठने लगी,
मन पँछी सा पर फैलाने लगा।

इन्सानियत मर गयी

बदल रहे हैं मूल्य और बदल रही है मानसिकता।
संस्कार और परम्परा भी अब दम तोड़ रहीं हैं।
आधुनिकता के मायाजाल में खो रही ज़िन्दगी।
उलझनों मे उलझ कर, सरलता गुम हो गयी है।
अमर्यादित अशिष्टता है बढ़ रही, इन्सानियत है मर रही।
ऐसे सभ्य समाज में, मुश्किलें अब बढ़ रहीं।
विश्वास भी कमज़ोर हो, दरकिनार हो गया।
स्वार्थों के चक्रव्यूह अब प्रबलता से चल रहे हैं।
रिश्तों की आन कहाँ खो गयी?
शान्ति कैसे पा सकोगे? जबकि आन खो गयी।
वीभत्स रूप आदमी का, आदमी में दिख रहा।
मानवता का ह्रास,संसार में है दिख रहा।
हाँ, इन्सान मर रहा है, इन्सानियत मर गयी।

ध्यानस्त योगी

समुद्र की विशालता में डूबा मन।
कितनी नदियाँ आकर मिलती हैं?
कितने हैं विशाल हृदय के स्वामी?
समरसता से गहनता से व्यापक।

कितने जीवों का वास यहाँ पर।
सबके संरक्षण तुम अथाह समुद्र।
एकान्त अथाह व्यापकता तुम में।
चिरयोगी से निर्मोही हो विराट समुद्र।

कितनी लहरें वेग से उठती गिरती हैं।
चिरशांत से, मनोशान्ति भर देते।
तटस्थता अटूट, गहनता अद्भुत है।
ध्यानस्त योगीराज व्यापक विशाल है।

अद्भुत क्षण है सामीप्य तुम्हारा।
मनोशान्ति भर देता है तनमन में।
दूर क्षितिज मिलन अम्बर संग।
ज्यों आत्मा-परमात्मा में होता है।

हे निर्मोही अथाह समुद्र,
ग्यान ध्यान मग्न तुम्हें प्रणाम।

लौट के आना

भटको चाहें जहाँ सनम, पर लौटोगे मेरे पास ही।
मुझमें ही मंज़िल है तुम्हारी, बस इतना यक़ीं जानो।
एक कशिश ऐसी भी है जो, लौट के वापस ले आयेगी।
राह जुदा हो सकती हैं, पर दिल जुदा न हो पायेंगे।
दुनिया की लुभानी भूल भुलैया में चाहे तुम भटको।
सुख न पाओगे, जानो तुम, दुनिया के छलावे में।
लौटोगे फिर अपनी दुनिया में, बस इतना ही जानो।
मैं चुपचाप ठहरे पलों में, अब भी आस जगाये हूँ।
जब थक जाना, भटकन से फिर लौटकर वापस आ जाना।
मैं जानती हूँ, तुम वापस मुझ तक फिर आओगे।
भटको चाहें जहाँ सनम, पर लौटोगे मेरे पास ही।

मायाजाल

समुन्दर उफन रहा मन में,
विचारों की आवाजाही भी।

मन में उठते-गिरते फिसलते,
विचार शोर मचाते बहुत हैं।

उन्हीं विचारों के ऊहापोह में,
डूबता-उतराता मन खोया हुआ।

अचानक तंद्रा भंग हुई आहट से,
कितने रुप जाल गढ़ चुका था मन।

बस एक क्षण, और सब शांत,
न जाने कितनी लहरें शोर मचाती हैं।

और उन लहरों के भँवर में फँसा,
चंचल अस्थिर मन, डूबता-उतराता।

कितने ही थपेड़ों को खाता सहता,
और फिर भवसागर में फँसता ही जाता।

शायद यही तो दुःख की वजह है,
यही तो वह माया का जाल है।

अनीता शर्मा

नव संसार

पदचापों से तंद्रा टूटी,
कौन अजनबी घर आया।
किसने पता दिया उसको,
किससे पूछा पता मेरा?

इन्हीं सवालो में उलझी थी,
सामने आकर खड़ा हुआ वो।
कुछ पल देखा अंजाना था,
पल दो पल में पहचान बढ़ी।

वही अजनबी अब अपना है,
रिश्ते अपने जो थे दूर हुए।
जीवन बदला,रिश्ते बदले,
कर्तव्य का एहसास हुआ।

जहाँ अधिकार सर्वोपरि था,
कर्तव्यों का जीवन में रूप नया।
जो संसार था, छूट गया अब,
नव संसार का रूप बना।

जीवन के रिश्ते सब जानें,
और संसार से पहचान बढ़ी।
एक अजनबी रिश्ता था जो,
वही जीवन के प्राण बनें।

दुःख की बदरी

अब के सावन नयना बरसे,
अश्रु अविरल निर्झर बरसे।

काजल बहे अश्रु संग नयन से,
दुःख की बदरी छाई सघन है।

नभ में छायीं घनघोर घटायें,
मन में दुःख का विकट अंधेरा।

आकाशीय बिजली कौंध रही है,
मस्तिष्क में हलचल मचा रही है।

विचारों की तरंगें विकराल उठीं,
व्याकुल अधीर मन व्यथित विकल।

अबके सावन नयना बरसे ऐसे,
मन अशांत अश्रु अविरल बहें।

उफान हृदय में मचा रही भयानक,
जैसे नदिया उफन रही भयावह है।

कैसी छायीं घनघोर घटायें नभ में,
अंधकार चहुँ ओर बढ़ रहा हृदय में।

पानी की एक-एक बूँद शोर मचाती,
अशांत मन उद्वेलित हाहाकार करे।

अनीता शर्मा

घनी अंधेरी रातों में भी मगर फिर,
एक आस,उजाले की भर जाती है ।

बीतेंगे ये दिन, ये पल शीघ्र ही,
आशा के गलियारों में फिर।

ढाढ़स स्वयं ही रखना फिर है,
मौका ईश्वर फिर से देता ही है।

बदल दो अपने आँसू पोंछ कर,
तक़दीर सँवार लो तुम अपनी।

नया सबेरा नयी दुनिया में भर दो,
सब में हंसी-ख़ुशी छिटकेगी।

हृदय तरंगित होगा ख़ुशियों से,
मन मयूर बन नृत्य करेगा।

प्यारी माँ

माँ की आँखों में निश्छल प्रेम भाव भरा देखा।

स्पर्श की स्नेहिल गर्माहट को महसूस किया मैंने।

आँचल की ख़ुशबू में, प्यार को अनुभव किया मैंने।

हाथो की थपकी में, मख़मली प्यारी थाप घुली।

माँ की आँखों में, गहन प्रेम समुन्दर भरा देखा।

माँ के होठों पर निश्छल मुस्कान छाई रहती हैं।

माँ के मुख से कभी कोई आंकाक्षा ना सुनी मैंने।

कितना गहरा राज़ है रखती, अपने हृदय के अंदर ही।

दो शब्द कड़वे भी पी लेती, शिकायत ज़रा न करती माँ।

कभी नहीं अपना दर्द जुबाँ तक लाती है माँ।

अनीता शर्मा

जबलपुर

है नर्मदा का उफान,
पविलता का सोपान।
हर पत्थर शिव है,
कण-कण में शंकर है।
भेड़ाघाट धुआँ धार,
निर्मल धारा दुग्ध समान।
संगे-मरमर के पर्वत की,
ख़ूबसूरती और नक्क़ाशी भी ।
सुभद्रा कुमारी चौहान से,
कवि लेखनी के प्रसिद्ध साहित्यकार।
वीराग्नी रानी दुर्गावती सी,
ऐतिहासिक वीरता की निशानी।
जबलपुर शहर ऐतिहासिक,
साहित्य की विरासत भी।
बोली की मधुरता और,
संस्कारधानी शिक्षा की है।
पुरातन संस्कृति के मंदिर,
व्यंग्य कवि हरिशंकर परसाई जी।
जहाँ मानस भवन संस्कारी,
रजनीश के विचार ओशोआश्रम भी।
है नर्मदा का उफान मनोरम,
संस्कारधानी शिक्षा की।

इक पाती ईश्वर के नाम

है प्रभू, इक पाती लिखती है बेटी,
मेरे स्नेहिल पिता क्यों छीने मुझसे।

कैसे निर्मोही हो गये प्रभू तुम,
मेरे पिता कैसे, कहाँ हैं अब।

मुझको तुम इतना बतला दो,
सबसे प्यारे रिश्ते क्यों बिछड़े।

बेटी की पाती उन तक पहुँचा दो,
याद बहुत आती है उनकी।

आशीर्वाद तो सदा साथ है मेरे,
पर सिर पर वो हाथ कहाँ है।

जाने कहाँ खो गये हो तुम,
कमी तुम्हारी हर पल खलती है।

प्रभू, इतने अच्छे पिता दिये थे,
क्यों मुझसे दूर उन्हें कर दिया।

मेरी पाती पढ़कर बतलाना,
उत्तर में मुझको समझाना।

वक़्त

ज़ुबाँ से आह निकली थी,
लबों पे उदासी थी।
क्या सोचा था,क्या पाया है,
मन में उदासी थी।

कभी ईश्वर से नाराज़गी थी,
कभी क़िस्मत से शिकायत थी।
न ख़ुशी जीवन में थी,
न जीवन ही सुखों का था।

पर समझाया ख़ुदी को था,
ये पल भी न ठहरेगा।
हमारा भी वक़्त आयेगा,
जब सुखी संसार साथ होगा।

बहुत अरसे बाद वो पल आया है,
लबों पे मुस्कुराहट है।
सुखी जीवन के सुनहरे पलों में,
ज़ुबाँ से गीत गुनगुनाये हैं।

हिम्मत साथ रखी थी,
और मन में विश्वास पूरा था।
आज वक़्त हमारा है,
जीवन में ख़ुशियों का तराना है।

रखो गर ख़ुद पर भरोसा तो,
भाग्य भी साथ देता है।

पुराने पन्ने

चलो पुराने पन्नों को पलटायें,
फिर उन पन्नों को सी लेते हैं।
उनमें दबे अरमानो में से ही,
कुछ अरमान जीवन्त करें।

बहुत दबाया अपने दिल की इच्छाओं को,
उनको चलो खुलकर जी लेते हैं।
आओ आज दबे अरमानों को ही,
ख़ुशियों के पल में चुन लेते हैं।

अपनों की ख़ुशियों की ख़ातिर,
बंद किया दिल के अंदर अरमानों को।
अब अपने लिए आज फिर,
पन्नों को पलटाकर जी लेते हैं।

अपनी ख़ुशियाँ अपनी इच्छाऐं,
अपने सपनों को साकार करें।
चलो,कुछ एकान्त पलों को भी,
भर लेते हैं अपनी झोली में।

दबे हुए अरमानों में से ही ,
कुछ अरमानों पर मुहर लगायें।
दबी हुई इच्छाओं को ही,
अब अपनी पहचान बनाये।

अनीता शर्मा

जीवन के पड़ाव

जीवन में कितने पड़ाव आते हैं।
न जाने कितने ही लोग मिलते हैं।

कुछ साथ-साथ चलते जाते हैं ।
कुछ मन में बस जाते हरदम हैं।

कुछ लम्हों में रह जाते हैं छूटकर।
कसक बन दिल में रह जाते हैं।

ऐसे ख़ुश-नसीब पल आते हैं।
बिछड़े फिर मिल जाते हैं।

आँखों में बस दिल में उतरकर।
वो दिल में ही समा जाते हैं।

जो चाहकर भी न भूल पाते हैं।
कुछ पराये भी अपने बन जाते हैं।

जीवन में न जाने कितने पड़ाव आते हैं,
हर पल चुनौती एक नये मुक़ाम गढ़ जाती है।

संदेश

व्यथित हृदय था,
गुम अपने में थी।
विचारों की भी थी,
आवा-जाही भी।
तभी स्तंभित खड़ी,
जड़वत होकर।
छोटी सी थी, पर,
सतत् परिश्रम करती थी।
हतप्रद देखा मैंने,
उसको गिरती पड़ती थी।
न थकती न रूकती थी वह,
बस चलती जाती थी।
वह थी एक छोटी सी चींटी,
जाने क्या क्या ढोती थी।
सहसा एक विचार आया,
व्यथित नहीं होना है।
सतत् परिश्रम ही जीवन है,
व्यर्थ नहीं खोना।
आख़िर आँखें खुली रखें
तो मिलता है संदेश।

मेरी पीड़ा

किससे कह दूँ अपनी पीड़ा,
मन रोता तब जग है सोता।
सब अपने स्वार्थ में डूबे,
कोई न पीर किसी की समझे।

मन में छुपा,दबाकर रखती,
पर चेहरा सब कुछ कह देता।
आँखों से बहते अश्रु धार भी,
खोलें राज़, मन की पीड़ा का।

सब भ्रम मोह जाल में उलझे,
सभी अहम्-गर्व में उलझे।
कितनी पीड़ा को सहते हैं सब,
उलझे जग की क्रीड़ाओं में।

अंतस को ज्योतिर्मय करके,
पीड़ा से विमुक्त होगा कब।
अंतर्मन में भक्ति रस उपजे तो,
चिर-शान्ति,सुखद जीवन होगा।

अनुराग

अनुराग-विराग है जीवन में,
पल दो पल की पहचान बने।
अनुरागी मन मोह भरा,
नाते रिश्तों में उलझ गया।

जकड़ प्रेम के बंधन में,
मोह-माया में उलझ गया।
आशा तृष्णा की कश्ती में,
उठता गिरता बस तैर रहा है।

अनुरागी मन लोभ मोह में,
तृप्ति संसार में ढूँढ़ रहा है।
अनुराग जकड़ता है रिश्तों को,
अपना गंतव्य भी भूल गया है।

राग-द्वेष, मोह-माया का संसार,
ईश्वर अनुराग ही भूल गया।
जप-तप-ध्यान आराधना ही,
इस भव बंधन के पार हैं।

ऋतुराज–बसंत

सखी बसंत ऋतु आई,
सुखमय मंद पवन सुहाई।
लौटे पँछी निज देश रंगीले,
उपवन में रंगीन पुष्प बहार आई।

मादकता मदहोश सुगंधित,
पँछी भी जोड़े में रहते।
मंद पवन में भीनी ख़ुशबू,
नीलकंठ युगल की प्रीत बढ़ाती।

बसंती हवा मोह उपजाऐ,
हृदय उमंगित हो बौराऐ।
मन पर ज़ोर चलता न अब तो,
प्रियवर संग सानिध्य को आतुर।

सखी बसंत ऋतु आई,
सुखमय मंद पवन सुहाई।

वनिता

अधर कुछ थमे से हैं,
नज़र झुकी-झुकी सी है।
मन बहुत बाचाल सा है,
पर होंठ कांप शांत से हैं।
लाज-शर्म ओढ़कर,
लालिमा बिखेर कर।
दिल धड़कन बेचैन है,
आकुलता विकलता असहज।

बेचैनी अंदर बहुत सी,
पर लब पर मुस्कान बिखेरी।
सजी साजन का हाथ थामने,
माँ का आँचल छोड़कर।
दो कुलों को जोड़ने,
सुर्ख़ जोड़ा ओढ़कर।

ज़लज़ला

एक ज़लज़ला ऐसा आया, सब कुछ बह बर्बाद हुआ।
शिव नगरी में फिर आया, सब कुछ ढह दब बहता गया।
केदारनाथ में जब आया, उससे सबक़ न लिया गया।
शिव का त्रिनेत्र खुला क्या, क्रोध का प्रचण्ड प्रहार दिखा।
ध्यान अब देना होगा क्यों, प्रचण्ड बहाव आया शिवनगरी में।
सूक्ष्म दृष्टि से विश्लेषण करो, कारण भौतिक वादी होगा।
प्रकृति पे मत अत्याचार करो, भौगोलिकता का ध्यान धरो।
अब भी न अवलोकन होगा, तो शिवनगरी तृतीय संभल जाये।
महाकाल तांडव नृत्य में, नरसंहारक प्रलय आता है।
हाहाकार मचा उत्तराखण्ड में, केदारनाथ में देख चुके।
आलौकिक शक्तियों को समझें, उनका शुद्ध आत्मसात् करें।
बबम बबम बम लहरी, शुद्ध शांत हो शिवनगरी।

तुम शिव हो जाना

तुम शिव से बन जाना,
मैं पार्वती सी बन जाऊँ।
तुम स्नेहिल हृदय रखना,
मैं हृदय में बस जाऊँगी।
तुमसे ही परिचय मेरा हो,
मैं परिचय तुम्हारा पाऊँगी।
अर्धनारीश्वर सा पवित्र प्रेम,
हम दोनों के बीच में होगा।
स्नेहिल सा परिवार हमारा,
मधुर स्नेहिल भावों का संगम।
अटूट विश्वास बंधन में होगा,
समर्पण हर रिश्तों में होगा।
तुम शिव से बन जाना,
मैं पार्वती सी बन जाऊँ।

अनीता शर्मा

रश्मिरथी

रश्मिरथी भी थक कर सोया,
रात्रि गहन अंधकार भरी।
तम फैला है,जग में सारे,
रात सितारों वाली नभ पर।
चाँद बादलों की ओट छुपा,
झाँक रहा नभ से धरती।
प्रातः दिवाकर रश्मिरथी बन,
पर्वान्चल विराजमान हुआ।
फैलाया सिन्दूरी रंग जग में,
लालित्य जगाया जग में सारे।
अरुणिमा ने श्रृंगार सजाया,
नभ-धरती को आलोकित किया।
जल-थल-नभ में प्राण फूँकती,
तम को हर सत् जागृत करती।
रश्मिरथी की प्रभा से गुंजन,
दीप्तिमान हुआ जग सारा।

दुनिया के रंग

दुनिया के रंगों को देखो,
कितने रंगों का संयोजन है।
ख़ुशी यहाँ मुस्कान में दिखती,
दुःख के अश्रुधार भी बहते हैं।
फूलों की बगिया कोमल सी,
तो कंटकों का साथ मिलेगा।
हरियाली मनमोह तृणनोकों की,
पथरीली बंजर ज़मीन भी होगी।
कहीं धूप खिलती दोपहर की तो,
साँझ ढले छाँव गहराती।
दो रंगों की बहुतायत दुनिया में,
श्वेत-श्याम दोनों ही रंग रूप मिलेंगे।
सूरज नभ पर रहता रौशन,
चाँद छुपा नभ बदली में।
जब साथ फूलों का हार हो,
शूलों की भी चुभन वही है।
दुनिया के रंगों को देखो,
कितने रंगों का संयोजन।

अनीता शर्मा

परिचय

तुम मेरा परिचय मत देना, मैं अपना परिचय लिख दूँगी।
तुम मेरा परिचय देने में, मत झिझको न संकोच करो।
मैं अब अपना परिचय स्वयं बनूँगी, लिख दूँगी अपना परिचय।
क़लम की धार तेज़ करूँगी, शब्दों में परिचय गढ़ दूँगी।
शब्दों संग रंगों को भरकर, सुन्दर सा परिचय-संसार को दूँगी।
प्रिय तुम मेरा परिचय मत देना, अपना परिचय मैं आप बनूँगी।

मन से मनोबल

मन से मन की प्रीत है,
मन से मन की जीत।

मन आशा जुगनू से जागे,
ले लेता नये रूप।

नदी तरंग गिर-उठ कहती,
संभल संभल कर बढ़।

पवन संग झूला झूल रहे,
टहनियों के संग ।

लतिका संग अठखेलियां ,
खूब झुमाये पवन।

पलाश फूल फागुन आया,
रंगों संग नये गीत।

बौरो से लदे आम वृक्ष,
कोयल छेड़े सुर।

तन झूमे मन गाये गीत,
सजन संग जागे प्रीत।

पुष्प मुखरित

पुष्प मुखरित वार्तालाप करते,
काटों संग सानिध्य में रहते।

कितनी कोमलता मधुरता होती,
कितनी भीनी-भीनी सुगंध।

कहाँ डर,कहाँ संशय में रहते,
डाली पर ही झूमा करते।

काटों संग भी मुस्कुराते रहते,
बगिया को महकाया करते।

कोई आकर तोड़ ले जाते,
गुलशन में सजाया करते।

कभी देवालय में देवों के,
चरणों में पड़े धन्य होते।

कभी किसी शव के ऊपर,
श्रद्धांजलि अर्पित कर देते।

एक पुष्प देवों के ऊपर,
श्रद्धा आस्था का परिचायक।

पुष्प तो बस सुगन्धित करते,
उपवन को सुवासित करते।

अनमोल जीवन

जीवन के अनमोल दो पल,
प्रेम और सम्मान है।

सबके दिल में जगह बनाये,
वह सच्चा इन्सान है।

जीवन ही दो पल रहता है,
बाँट खुशी के साथ जियो।

हंसी-खुशी आनंद में जीलो,
पल दो पल के मेहमान हैं।

दीन-दुखी की सेवा कर लो,
ये सच्चा परमार्थ है।

अनमोल पलों को खुलकर,
जीलो ,यही सच्चा ईमान है।

अनीता शर्मा

फ़िजा

फ़िजाओ की ख़ुशबू,
महक आज अनमोल है।
दिल ख़ुशी से झूमता,
महक आज अनमोल है।

मंद-मंद पवन बह रही है,
ख़ुमार सा है भर रही।
मन झूम चंचल हुआ ,
नटखट हवा है बह रही।

आज क्या जादू हुआ,
घटाओं ने भी घेर लिया।
फूल महकाये मन-चमन,
फ़िज़ा भी आज ख़ूब है।

डालियों को झूमाती,
पवन अठखेलियाँ कर रही हैं।
नदियों की कलकल तरंग,
मन को ख़ूब भा रही है।

चाँद की मुस्कान भी,
मन-महकाये जा रही।
तारक-गणों की जगमग,
दिल को ख़ुशी से भर रही।